HAI-KAIS

Livros do autor na Coleção **L&PM** POCKET

Hai-Kais
O livro vermelho dos pensamentos de Millôr
Poemas

Teatro
Um elefante no caos
Flávia, cabeça, tronco e membros
O homem do princípio ao fim
Kaos
Liberdade, liberdade (com Flávio Rangel)
A viúva imortal

Traduções e adaptações teatrais
As alegres matronas de Windsor (Shakespeare)
A Celestina (Fernando de Rojas)
Don Juan, o convidado de pedra (Molière)
As eruditas (Molière)
Fedra (Racine)
Hamlet (Shakespeare)
O jardim das cerejeiras seguido de *Tio Vânia* (Tchékhov)
Lisístrata (Aristófanes)
A megera domada (Shakespeare)
Pigmaleão (George Bernard Shaw)
O rei Lear (Shakespeare)

Outros formatos:

A entrevista
Millôr definitivo – a bíblia do caos (também na Coleção
  L&PM POCKET)
Millôr traduz Shakespeare

Millôr Fernandes

HAI-KAIS

www.lpm.com.br

L&PM POCKET

Coleção **L&PM** POCKET vol. 27

Texto de acordo com a nova ortografia.

Primeira edição na Coleção **L&PM** POCKET: maio de 1997
Esta reimpressão: junho de 2023

Projeto gráfico: Ivan Pinheiro Machado
Desenhos: páginas 17, 23, 31, 42, 96, 113, 118, de Millôr Fernandes; páginas 27, 44, 66, 67, 85 e 104, de Caulos; páginas 82 e 123, de Gustave Doré; páginas 11 e 95, de Milo Manara; página 11, de Guido Crepax; páginas 16 e 86, de Hugo Pratt. Os demais são do arquivo da L&PM Editores
Capa: Ivan P. M. sobre desenho de Millôr Fernandes
Produção: Jó Saldanha e Lúcia Bohrer

F363h

Fernandes, Millôr, 1923-2012
    Hai-kais / Millôr Fernandes. -- Porto Alegre: L&PM, 2023.
    128 p. ; 18 cm. -- (Coleção L&PM POCKET; v. 27)

    ISBN 978-85-254-0663-7

    1.Ficção brasileira-poesias. I.Título.II.Série.

            CDD 869.91
            CDU 869.0(81)-1

© by Millôr Fernandes, 1997

Todos os direitos desta edição reservados a L&PM Editores
Rua Comendador Coruja 314, loja 9 – Floresta – 90.220-180
Porto Alegre – RS – Brasil / Fone: 51.3225.5777

PEDIDOS & DEPTO. COMERCIAL: vendas@lpm.com.br
FALE CONOSCO: info@lpm.com.br
www.lpm.com.br

Impresso no Brasil
Inverno de 2023

HAI-KUS OU HOKKUS

(pequena introdução para os não iniciados)

O Haiku aparece em geral nos nossos dicionários com a grafia de Hai-Cai por dois motivos básicos: o primeiro, a guerra que os filólogos patrícios resolveram deflagrar à linda letra K, pelo simples fato dela ter aquele ar agressivamente germânico e só andar com passo de ganso. A batalha é, evidentemente, perdida, pois a letra teima em permanecer na língua, inclusive firmando-se na imagem, hoje quase mítica, de JK, também artificialmente banido da vida política brasileira.

O segundo motivo do não uso da grafia Haiku é a homofonia da segunda sílaba com outra palavra da língua portuguesa, designativa de certa parte do corpo de múltipla importância fisiológica. Essa palavra os filólogos só usam a medo. Quando a colocam no dicionário fazem sempre questão de acrescentar (chulo). Assim, entre parênteses.

Resolvi – e não entro em detalhes para não alongar esta explicação – usar a grafia (comprometida) Hai-Kai, para as composições deste livro.

O Hai-Kai é um pequeno poema japonês composto de três versos, dois de cinco sílabas e um – o segundo – de sete. No original não tem rima, que geralmente lhe é acrescentada nas traduções ocidentais. A época do aparecimento do Hai-Kai é controversa, e sua popularização deu-se no século XVII, sobretudo através da produção de Jinskikiro Matsuo Bashô, simbolista inspirado profundamente em impressões naturais (sobretudo paisagísticas) e adepto do Zen:

A nuvem atenua
O cansaço das pessoas
Olharem a lua.

Em cima da neve
O corvo esta manhã
Pousou bem de leve.

Contudo há quem afirme que Bashô foi ultrapassado, tanto em popularidade quanto em inspiração, pelo poeta do século posterior (XVIII) Yataro Kobayashi (Issa):

*Vem cá passarinho
E vamos brincar nós dois
Que não temos ninho.*

*Bem hospitaleiro
Na entrada principal
Está o salgueiro.*

Apesar de sua forma frágil, quase volátil, dependendo da imagística mais do que qualquer outra poesia, uma implosão, não uma explicitação, o Hai-Kai é, contudo, uma forma fundamentalmente popular e, inúmeras vezes, humorística, no mais metafísico sentido da palavra:

*Roubaram a carteira
Do imbecil que olhava
A cerejeira.*

*Eu vi meu retrato
Bem no fundo do lago
Diz o olhar do pato.*

Meu interesse pelo Hai-Kai como forma de expressão direta e econômica começou em 1957, quando eu escrevia uma seção de humor (Pif-Paf) na revista *O Cruzeiro*.

Passei a compor alguns quase semanalmente, usando, porém, apenas os três versos da forma original, não me preocupando com o número de sílabas. Os Hai-Kais deste livro foram compostos entre 1959 e 1986.

Millôr Fernandes

Olha,
Entre um pingo e outro
A chuva não molha.

Prometer
e não cumprir:
Taí viver.

Exótico,
O xale da velha
Na jovem é apoteótico.

No ai
Do recém-nascido
A cova do pai.

Uma aquarela;
Gaivotas
Sitiam a bela.

Morta, no chão,
A sombra
É uma comparação.

No aeroporto, puxa-sacos
Se despedem
De velhacos.

Se o cão é uivante
A Lua vira
Quarto minguante.

(OLHANDO OS BABAÇUS EM ALCÂNTARA)
A PALMEIRA E SUA PALMA
ONDULAM O IDEAL
DA CALMA.

Nunca tive medo, gente,
Se, onde há perigo,
Alguém vai na frente.

Soluço e fuço
Verso e reverso –
Tá tudo ruço.

Usucapião
É contemplar as nuvens
Do próprio chão.

(À maneira de Bashô)
Nem grilo, grito, ou galope;
No silêncio imenso
Uma rã mergulha – Plóóp!

Passeio aflito;
Tantos amigos
Já granito.

Esnobar
é exigir café fervendo
e deixar esfriar.

A nuvem Atenua
O cansaço das pessoas
Olharem a lua.

Eu vim com pão, azeite e aço;
Me deram vinho, apreço, abraço:
O sal eu faço.

Pavão doente
Morre no céu
O Sol poente.

A vida é bela
Basta saltar
Pela janela.

Na poça da rua
O vira-lata
Lambe a Lua.

À NOSSA VIDA
A MORTE ALHEIA
DÁ OUTRA PARTIDA..

O veludo
Tem perfume
Mudo.

A VIDA É UM SAQUE
QUE SE FAZ NO ESPAÇO
ENTRE O TIC E O TAC.

Lembro mal
Tempo em que a
Aldeia era local.

Envelhecido, cheio de saudade
Ando na multidão
Sempre da mesma idade.

É TUDO NATURAL:
A GALINHA – POEDEIRA;
O GALO – TEATRAL.

Fiquei bom da vista!
Depressa,
Um oculista!

É MEU CONFORTO
DA VIDA SÓ ME TIRAM
MORTO.

Meu sonho é mixo;
Ter a felicidade
Que outros põem no lixo.

Rezar, hoje, é uma fadiga
inútil. Deus
é uma coisa antiga.

O umbigo
Devia ser
Só pro amigo.

Já não é bom agouro
Nascer
Em berço de ouro.

A CAVEIRA É BEM RARA
POIS NÃO PENSA NEM FALA:
SÓ ENCARA.

A girafa, calada,
Lá de cima vê tudo
E não diz nada.

Meu dinheiro
Vem todo
Do meu tinteiro.

Eis o meu mal
A vida pra mim
Já não é vital.

Com que grandeza
Ele se elevou
Às maiores baixezas!

A CIDADE DURA
NÃO FAZ HOMENS
A SUA ALTURA.

PROBLEMINHAS TERRENOS:
QUEM VIVE MAIS
MORRE MENOS?

O CÉTICO SÁBIO
SORRI
SÓ COM UM LÁBIO.

Não esmaguem a barata
Sua nojeira
É inata.

Do São Bento
Voa a meia de mulher
Perseguida pelo vento.

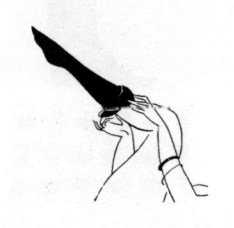

Nuvens ao léu
Criatividade-Happening
Do céu.

Por fim se descobriu;
O soldado desconhecido
É um civil.

Pensa o outro lado:
Só quem tem fama
É difamado.

(D'après Malherbe)
VOA-VIVE SILENCIOSA
O TEMPO DUMA MANHÃ
BREVE COMO UMA ROSA.

Nestes dias do ano
Faz manhãs
De Vaticano.

Torre de marfim?
Reserva três
Pra mim.

Lá está o magistrado
Com seu ar
De injustiçado.

O INACREDITÁVEL É CRÍVEL
MAS O IMPOSSÍVEL
NÃO É POSSÍVEL.

?!?!?!

Mangueiras frondosas
Com seus g, seus u, seus a,
Frutas maravilhosas.

A IMAGEM TUA,
AMANTE, DECAI;
COMO A DA LUA.

Goze.
Quem sabe essa
é a última dose?

Millôr, não entendes nada,
Diz, e repete,
a badalada.

O SILÊNCIO GELA A CUCA
NO SEGUNDO EM QUE O BARBEIRO
RASPA A NUCA.

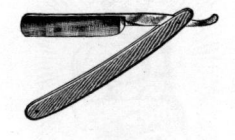

Viço?
Eu já passei
Por isso.

A GAVETA ABERTA
TEM EXPRESSÃO
LIBERTA.

O VELHO COELHO
SÓ SE REPRODUZ
NO ESPELHO.

E EU TAMBÉM, CONSORTE,
NÃO ESTOU CONDENADO
À PENA DE MORTE?

Há colcha mais dura
Que a lousa
Da sepultura?

Maravilha sem par
A televisão
Só falta não falar.

Com pó e mistério
A mulher ao espelho
Retoca o adultério.

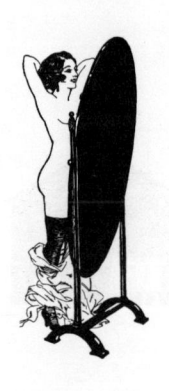

Enfim, no meu caminho,
Uma estátua equestre
Com o herói sozinho.

Os grandes mortos
Se encontram antes
Nos aeroportos.

Tem cautela;
Ajuda o Sol
Com uma vela.

Estrela cadente
Ponto de exclamação
Quente.

O IRMÃO SIAMÊS
É UM INVENTO
CHINÊS.

⟷

A ESTA HORA
E O DIA
INDA LÁ FORA.

O PATO, MENINA,
É UM ANIMAL
COM BUZINA.

Quantas palavras de amor
Morrem
No apontador?

O PÔR DO SOL, É CERTO
JÁ NÃO ME TOCA
TÃO DE PERTO.

Ao anoitecer
Um tiro evita
O envelhecer.

Pássaro pousado
No espantalho
Aposentado.

Nada tem nexo.
Tudo é apenas
Um reflexo.

Coisa rara:
Teu espelho
Tem minha cara.

Que maçante!
Me fez perder o dia
Num instante!

Pelo Prado
Vai o touro
Aposentado.

Nos dias quotidianos
É que se passam
Os anos.

As nuvens, meu irmão,
São leviandades
Da criação.

A alegria
É toda feita
De melancolia.

HESITO, MARIA
ME MATO, OU RASGO
TUA FOTOGRAFIA?

Brilha a Lua.
Entre um raio e outro
A vida é tua.

Na vida, o gozado
É que nem o palhaço
É engraçado.

Não questione
Por que o caracol
Carrega um trombone.

E EU AQUI
RELENDO UM LIVRO
QUE NUNCA LI.

Vida rural, senhor,
É ver vacas
Na tevê em cor.

INDITOSA
AO VENTO
A ÁRVORE NERVOSA.

CONTEMPLAR NA AREIA
A OBRA-PRIMA
QUE PASSEIA.

Diz pensar livre pensar.
Livre-pensar
é só pensar.

Vê-se, pelo trajar,
Que seu estado civil
É militar.

É IMPUDICO
SÓ TER FORTUNA
O RICO.

A aranha é que é bacana
Com sua geometria
Euclidiana.

Na sua idade,
Eu nem pensava
Em ser Marquês de Sade.

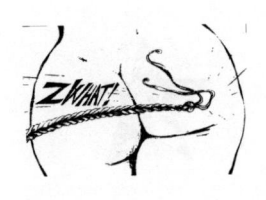

Mulatas na pista,
Perco a vontade
De ser racista.

Santo de verdade:
Um egoísta
Da generosidade.

No sono uniforme
O pesadelo
Também dorme.

Pra ser feliz de verdade
É preciso encarar
A realidade.

Será que o doutor
Cobra pela cura
Ou cobra a dor?

PRETENDE UM SOM BELO
O HOMEM QUE COÇA
A BARRIGA DO VIOLONCELO?

Enforcou-se o calhorda
Alguém murmura
Sursum corda.

É MINHA IDEIA
QUE O OUTONO SÓ DESFOLHA
ÁRVORE EUROPEIA.

O verão é uma fogueira
No céu azul. É domingo
Esta segunda-feira!

O leão evadido não ameaça.
Até que se esconde
Da gente que passa.

O ARBUSTO ESGALHADO
IMITA À PERFEIÇÃO
O VEADO.

No lusco-fusco, a passarada
Faz o ensaio geral
Para a alvorada.

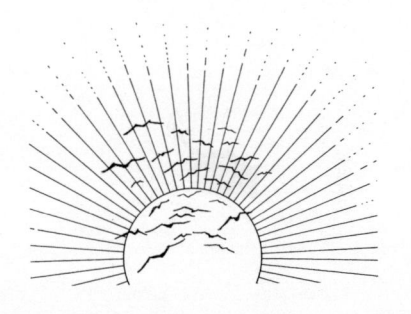

Na penumbra, a sós.
Quando a luz se acende
Já não somos nós.

No fim tudo destrambelha
Ninguém ganha
Nesse jogo da velha.

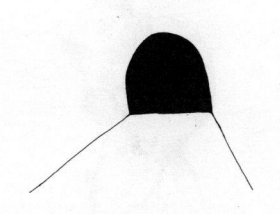

Democracia é um espeto!
Pra mim, é preto no branco
Pra ele, é branco no preto.

A ÁGUA DO CHAFARIZ
BUSCA A BELEZA
REFLETE UM TRIZ.

Se só ouvir
Eu nunca vou
Me repetir.

Por que lutam os bravos?
Querer liberdade
É coisa de escravos

Meu protesto
É só andar com pessoas
Que detesto.

O MUNDO AGONIZA.
QUEREM RETIFICAR
A TORRE DE PIZA!

Tão pequeno o pigmeu;
Nem a mãe sabe
Que ele nasceu.

O POBRE COM SEU GEMIDO
NEM ACORDA
O PÃO DORMIDO.

ZZZZZZ...

Nunca esqueça:
A vida
Também perde a cabeça.

Sobre o autor

Millôr Fernandes (1923-2012) estreou muito cedo no jornalismo, do qual veio a ser um dos mais combativos exemplos no Brasil. Suas primeiras atividades na imprensa foram em *O Jornal* e nas revistas *O Cruzeiro* e *Pif-Paf*. Estudou no Liceu de Artes e Ofícios do Rio de Janeiro e, já integrado à intelectualidade carioca, trabalhou nos seguintes periódicos: *Diário da Noite*, *Tribuna da Imprensa* e *Correio da Manhã*, sofrendo, diversas vezes, censura e retaliações por seus textos. De 1964 a 1974, escreveu regularmente para *O Diário Popular*, de Portugal. Colaborou também para os periódicos *Correio da Manhã*, *Veja*, *O Pasquim*, *Isto É*, *Jornal do Brasil*, *O Dia*, *Folha de São Paulo*, *Bundas*, *O Estado de São Paulo*, entre outros. Publicou dezenas de livros, entre os quais *A verdadeira história do paraíso*, *Poemas* (**L&PM** POCKET), *Millôr definitivo – A bíblia do caos* (**L&PM** POCKET) e *O livro vermelho dos pensamentos de Millôr* (**L&PM** POCKET). Suas colaborações para o teatro chegam a mais de uma centena de trabalhos, entre peças de sua autoria, como *Flávia, cabeça, tronco e membros* (**L&PM** POCKET), *Liberdade, liberdade* (com Flávio Rangel) (**L&PM** POCKET), *O homem do princípio ao fim* (**L&PM** POCKET), *Um elefante no caos* (**L&PM** POCKET), *A história é uma história*, e adaptações e traduções teatrais, como *Gata em telhado de zinco quente*, de Tennessee Williams, *A megera domada*, de

Shakespeare (**L&PM** POCKET), *Pigmaleão*, de George Bernard Shaw (**L&PM** POCKET), e *O jardim das cerejeiras* seguido de *Tio Vânia*, de Anton Tchékhov (**L&PM** POCKET).

Coleção L&PM POCKET

1271. **O melhor de Hagar 8** – Dik Browne
1272. **O melhor de Hagar 9** – Dik Browne
1273. **O melhor de Hagar 10** – Dik e Chris Browne
1274. **Considerações sobre o governo representativo** – John Stuart Mill
1275. **O homem Moisés e a religião monoteísta** – Freud
1276. **Inibição, sintoma e medo** – Freud
1277. **Além do princípio de prazer** – Freud
1278. **O direito de dizer não!** – Walter Riso
1279. **A arte de ser flexível** – Walter Riso
1280. **Casados e descasados** – August Strindberg
1281. **Da Terra à Lua** – Júlio Verne
1282. **Minhas galerias e meus pintores** – Kahnweiler
1283. **A arte do romance** – Virginia Woolf
1284. **Teatro completo v. 1: As aves da noite** seguido de **O visitante** – Hilda Hilst
1285. **Teatro completo v. 2: O verdugo** seguido de **A morte do patriarca** – Hilda Hilst
1286. **Teatro completo v. 3: O rato no muro** seguido de **Auto da barca de Camiri** – Hilda Hilst
1287. **Teatro completo v. 4: A empresa** seguido de **O novo sistema** – Hilda Hilst
1289. **Fora de mim** – Martha Medeiros
1290. **Divã** – Martha Medeiros
1291. **Sobre a genealogia da moral: um escrito polêmico** – Nietzsche
1292. **A consciência de Zeno** – Italo Svevo
1293. **Células-tronco** – Jonathan Slack
1294. **O fim do ciúme e outros contos** – Proust
1295. **A jangada** – Júlio Verne
1296. **A ilha do dr. Moreau** – H.G. Wells
1297. **Ninho de fidalgos** – Ivan Turguêniev
1298. **Jane Eyre** – Charlotte Brontë
1299. **Sobre gatos** – Bukowski
1300. **Sobre o amor** – Bukowski
1301. **Escrever para não enlouquecer** – Bukowski
1302. **222 receitas** – J. A. Pinheiro Machado
1303. **Reinações de Narizinho** – Monteiro Lobato
1304. **O Saci** – Monteiro Lobato
1305. **Memórias da Emília** – Monteiro Lobato
1306. **O Picapau Amarelo** – Monteiro Lobato
1307. **A reforma da Natureza** – Monteiro Lobato
1308. **Fábulas** seguido de **Histórias diversas** – Monteiro Lobato
1309. **Aventuras de Hans Staden** – Monteiro Lobato
1310. **Peter Pan** – Monteiro Lobato
1311. **Dom Quixote das crianças** – Monteiro Lobato
1312. **O Minotauro** – Monteiro Lobato
1313. **Um quarto só seu** – Virginia Woolf
1314. **Sonetos** – Shakespeare
1315(35). **Thoreau** – Marie Berthoumieu e Laura El Makki
1316. **Teoria da arte** – Cynthia Freeland
1317. **A arte da prudência** – Baltasar Gracián
1318. **O louco** seguido de **Areia e espuma** – Khalil Gibran
1319. **O profeta** seguido de **O jardim do profeta** – Khalil Gibran
1320. **Jesus, o Filho do Homem** – Khalil Gibran
1321. **A luta** – Norman Mailer
1322. **Sobre o sofrimento do mundo e outros ensaios** – Schopenhauer
1323. **Epidemiologia** – Rodolfo Sacacci
1324. **Japão moderno** – Christopher Goto-Jones
1325. **A arte da meditação** – Matthieu Ricard
1326. **O adversário secreto** – Agatha Christie
1327. **Pollyanna** – Eleanor H. Porter
1328. **Espelhos** – Eduardo Galeano
1329. **A Vênus das peles** – Sacher-Masoch
1330. **O 18 de brumário de Luís Bonaparte** – Karl Marx
1331. **Um jogo para os vivos** – Patricia Highsmith
1332. **A tristeza pode esperar** – J.J. Camargo
1333. **Vinte poemas de amor e uma canção desesperada** – Pablo Neruda
1334. **Judaísmo** – Norman Solomon
1335. **Esquizofrenia** – Christopher Frith & Eve Johnstone
1336. **Seis personagens em busca de um autor** – Luigi Pirandello
1337. **A Fazenda dos Animais** – George Orwell
1338. **1984** – George Orwell
1339. **Ubu Rei** – Alfred Jarry
1340. **Sobre bêbados e bebidas** – Bukowski
1341. **Tempestade para os vivos e para os mortos** – Bukowski
1342. **Complicado** – Natsume Ono
1343. **Sobre o livre-arbítrio** – Schopenhauer
1344. **Uma breve história da literatura** – John Sutherland
1345. **Você fica tão sozinho às vezes que até faz sentido** – Bukowski
1346. **Um apartamento em Paris** – Guillaume Musso
1347. **Receitas fáceis e saborosas** – José Antonio Pinheiro Machado
1348. **Por que engordamos** – Gary Taubes
1349. **A fabulosa história do hospital** – Jean-Noël Fabiani
1350. **Voo noturno** seguido de **Terra dos homens** – Antoine de Saint-Exupéry
1351. **Doutor Sax** – Jack Kerouac
1352. **O livro do Tao e da virtude** – Lao-Tsé
1353. **Pista negra** – Antonio Manzini
1354. **A chave de vidro** – Dashiell Hammett
1355. **Martin Eden** – Jack London
1356. **Já te disse adeus, e agora, como te esqueço?** – Walter Riso
1357. **A viagem do descobrimento** – Eduardo Bueno
1358. **Náufragos, traficantes e degredados** – Eduardo Bueno
1359. **O retrato do Brasil** – Paulo Prado
1360. **Maravilhosamente imperfeito, escandalosamente feliz** – Walter Riso

lepmeditores
www.lpm.com.br
o site que conta tudo

IMPRESSÃO:

PALLOTTI
GRÁFICA

Santa Maria - RS | Fone: (55) 3220.4500
www.graficapallotti.com.br